Petit Ou

joue dans son bain

Illustrations de Danièle Bour

bayard jeunesse

Petit Ours Brun
patauge
dans son bain.
Il a chaud.
Il est bien.

Il fait nager
son canard,
sa tortue,
sa grenouille
et son poisson rouge.

Il enfonce
une petite bouteille
dans l'eau,
ça fait des bulles
et ça fait
blup, blup, blup.

Il la vide
en levant sa main
bien haut,
ça fait des bulles
et ça fait goulou,
goulou, goulou.

Petit Ours Brun
remue son derrière
dans l'eau.
Il y a
des grosses vagues
dans la baignoire.

Il frotte bien
le savon
dans ses mains
pour avoir des gants
de mousse.

Papa Ours dit :
– Il faut sortir
du bain,
mon joli
Petit Ours Brun !

Petit Ours Brun est un héros des magazines
Popi et *Pomme d'Api*.
Les illustrations ont été réalisées par Danièle Bour.
Le texte de cet album a été écrit par Marie Aubinais.

© Bayard Éditions 2002, 2005
ISBN : 978-2-7470-1651-3
Dépôt légal : janvier 2005 - 8e édition
Loi 49-956 du 16 juillet 1949 sur les publications destinées à la jeunesse
Tous les droits réservés. Reproduction, même partielle, interdite.
Imprimé en Italie